NEIL PACKER

LA PARABOLA DEL PANIFICIO INDIPENDENTE

아주
특별한
독립 빵집
이야기

닐 패커 지음 | 홍한별 옮김

꽃
피는
책

옛날 이 도시엔 그 어떤 기억보다 오래된 빵집이 있었습니다. 나이 많은 부부가 하는 빵집이었는데, 이들은 누구보다도 오래 빵을 구워왔지요. 날마다 특별한 방법으로 손반죽해 굽는 빵이 무척이나 맛있어, 사람들은 기억할 수 있는 아주 오랜 옛날부터 이 오래된 빵집에서 빵을 사 먹었습니다.

옛날 이 도시엔 이런 빵집이 많았습니다. 아주 오랜 세월 빵을 구워 누구보다 맛있는 빵을 누구보다 잘 만드는 사람들이 하는 빵집이었지요. 각기 독특한 방법으로 빵을 만들었기에 빵집 하나하나가 다 달랐고요. 덕분에 도시 사람들은 가지각색이지만 하나같이 훌륭한 빵을 골라 살 수 있었습니다.

시간이 흘러 다른 빵집들은 하나둘 빵을 만들지 않게 되었습니다. 그런 맛있는 빵을 만드는 건 무척 힘든 일이기 때문이었죠. 곧 모든 가게에 똑같은 빵을 만들어 공급하는 큰 빵 공장이 빵집들을 전부 소유하게 되었습니다. 큰 빵 공장은 도시 외곽에 있었는데 커다란 기계로 빵을 만들어선 그 즉시 도시에 있는 모든 빵 가게에 배달했지요.

어느 날 큰 빵 공장 사람이 이 작은 오래된 빵집에 찾아왔습니다. 큰 빵 공장 사람은 빵집이 정말 예쁘다고 칭찬했고, 진열창과 멋진 장식이 참 마음에 든다고도 했습니다. 갓 구운 빵 냄새가 너무 좋다면서, 두 분처럼 나이 든 분들이 날마다 이렇게 맛있는 빵을 구우려면 정말 힘들겠다는 말도 했습니다. 그러면서 가게를 팔지 않겠느냐고 물었는데, 노부부는 "싫습니다!"라고 답했습니다.

작은 빵집은 장사가 아주 잘 됐습니다. 빵을 사러 오는 사람이 점점 늘어서였지요. 도시에 있는 다른 빵 가게에서 파는 빵은 맛이 별로였으니까요. 가게마다 빵이 전부 똑같은 맛인데, 풍미 없이 밍밍하고 흐물흐물하고 눅눅했습니다. 이제 전부 큰 빵 공장 소유라 큰 공장에서 큰 기계로 만든 빵만 파는 그 가게들은 외관마저 찍어낸 것처럼 똑같았지요. 어쨌든, 작은 빵집 노부부는 일이 너무 버거웠습니다. 빵을 많이 만들지 못해 일찌감치 동나버리기도 했지요.

큰 빵 공장 사람이 다시 작은 빵집에 찾아왔습니다. 그는 또 가게가 멋지다고 감탄하며 오래된 간판과 고풍스레 낡은 외관이 마음에 든다고 말했지만, 특히 많이 한 말은 "두 분이 그렇게 오랜 시간 일하려면 얼마나 힘드시겠냐"는 것과 "두 분 다 연로하셨으니 이제 좀 편히 살고 싶지 않으시냐"는 것이었습니다. 그러더니 이 작은 가게를 사겠다며 아주 큰 돈을 제시했는데요. 그러나 두 사람은 이번에도 "싫습니다!"라고 답했습니다.

노부부의 삶은 점점 더 고되졌습니다. 어느 때보다 열심히 일해야 했고, 허리는 아팠고, 빵집 안은 열기로 뜨거웠고, 많은 빵을 만들기 위해 아주 아주 일찍 일어나야만 했지요. 두 사람은 휴가를 떠나 그동안 너무 열심히 일하느라 말만 들었지 한 번도 가보지는 못한 재밌는 곳들에 모두 가보는 꿈을 꾸었습니다.

큰 빵 공장 사람이 또 작은 빵집에 찾아왔습니다. 이번에는 빵집이 멋지다는 말도 하지 않고 바로, 이렇게 말했습니다. "그 연세에 이런 작업 환경에서 이렇게 오랜 시간 일하려니 얼마나 힘드십니까." 그러곤 두 사람이 "매우 지쳐 보인다"면서, "한 번도 가보지 못한 세계 곳곳의 멋진 곳을 모두 돌아보는 크루즈 여행을 지금 바로 떠날 수 있다면 좋지 않겠느냐"고 덧붙였지요. 그러면서 큰 빵 공장 사람은 배와 멀리 있는 도시들 사진이 실린 크루즈 안내 책자를 보여 줬습니다. 그런 다음 아주 많은 돈을 주겠다고도 했지요. 노부부는 망설이다가, 마지못해서, 알겠다고, 빵집을 팔겠다고 말했습니다. 큰 빵 공장 사람의 조언과 큰돈이 든 두툼한 봉투를 받아 든 두 사람은 6년이라는 길고 긴 세계 일주 여행을 떠났습니다.

이제 도시의 빵집 전부를 갖게 된 큰 빵 공장은 크게 만족했습니다. 하지만 큰 공장에서 큰 기계가 만든 밍밍하고 흐물흐물하고 눅눅한 빵만 먹게 된 사람들은 행복하지 않았습니다. 그러나 사람들은 이내 작은 빵집을 잊었고 큰 빵 공장에서 나온 밍밍하고 흐물흐물하고 눅눅한 빵에 익숙해졌으며, 이윽고 작은 빵집에서 만든 빵이 어떤 맛이었는지 기억조차 할 수 없게 되었습니다.

6년 뒤, 작은 빵집 노부부가 휴가를 끝내고 돌아왔습니다. 두 사람은 큰 빵 공장 사람이 자기들의 작은 빵집을 어떻게 했는지 보고 싶었습니다. 얼핏 보기엔 전과 다를 바 없이 낡고 고풍스럽게 보였지만, 정겨운 진열창도, 멋진 장식도 없었고, 오래된 간판 대신 도시의 다른 빵 가게 것과 똑같은 못생긴 새 간판이 달려 있었습니다. 그리고 그것보다 더 나쁜 일은 맛있는 빵이 사라지고 큰 공장에서 큰 기계로 만든 밍밍하고 흐물흐물하고 눅눅한 빵이 그 자리를 차지하고 있다는 거였지요. 하지만, 노부부가 할 수 있는 일은 아무것도 없었습니다. 이제 이 작은 빵집의 주인은 두 사람이 아니었으니까요. 그래도 노부부는 자기들이 먹을 맛있는 빵은 만들 수 있었습니다.

다음 날 아침, 일하러 나선 도시 사람들은 구수하고 익숙한 냄새를 맡았습니다. 오래된 빵집에서 나던 냄샌데, 오래된 빵집에서 나는 건 아니었지요. 얼마나 좋은지 거의 잊고 있던 냄새였습니다. 결국 그날 아침, 몇몇 사람이 큰 빵 공장에서 하는 빵 가게에 가는 대신 냄새를 따라갔고, 작은 빵집 노부부의 집 앞까지 가게 되었습니다. "제발, 부디 그 맛있는 빵을 조금만 살 수 있을까요?" 사람들은 간절히 말했습니다. "이젠 큰 공장에서 큰 기계로 만든 밍밍하고 흐물흐물하고 눅눅한 빵밖에 없어요." 노부부는 어차피 두 사람이 아침으로 먹기에는 너무 많은 빵을 만들었기에 그날 아침 빵 냄새를 따라 부엌문 앞까지 찾아온 사람들에게 기꺼이 빵을 팔았습니다.

다음 날 아침에도 노부부는 아침으로 먹을 빵을 구웠습니다. 그런데 그땐 이미 노부부가 다시 맛있는 빵을 만든다는 소문이 온 도시에 퍼져 있었지요. 게다가 그날 아침에도 출근하던 사람들은 갓 구운 빵 냄새에 홀렸고요. 사람들은 코를 킁킁거리며 맛있는 냄새를 따라갔습니다. 그 빵을 잊고 살았다는 게 떠올랐고 다시 그 근사한 빵을 맛보고 싶어졌지요. 문 두드리는 소리가 들린 건 노부부가 식탁에 앉아 막 아침을 먹으려던 때였습니다. 문밖에는 도시 사람들 거의 다가 몰려와 있었는데요. 질서를 갖춰 선 줄이 어찌나 긴지 동네 밖까지 이어져 있었습니다. 다들 "제발, 부디 그 맛있는 빵을 다시 살 수 없나요?"라고 물었고요.

도시 사람 모두가 맛있는 빵을 사고 싶어 했지만, 노부부도 맛있는 빵을 모두가 먹을 만큼 굽고 싶었지만, 도무지 도리가 없었습니다. 노부부는 이제 너무 늙어 그렇게 힘든 일은 할 수가 없었지요. 어쩌면 큰 빵 공장 사람 말이 맞았는지 모르겠네요. 이제 노부부는 일을 쉬고 편히 살아야 할 때가 되었다는 걸 다른 사람들도 느낄 수 있었습니다. 어쨌든 큰 공장에 있는 큰 기계로 만든 빵은 언제든 먹을 수 있었으니까요.

그렇지만, 맛있는 빵의 구수한 냄새를 다시 맡은 도시 사람들은 이제 달라졌습니다. 그들은 전보다 더 간절히 맛있는 빵을 원했지요. "싫어! 큰 공장에서 큰 기계가 만든 밍밍하고 흐물흐물하고 눅눅한 맛없는 빵은 먹지 않을 거야." 사람들은 외쳤습니다. "맛있는 빵을 먹을 수 없다면 차라리 빵을 끊겠어. 게다가 작은 빵집이 사라진 것도 사실 큰 빵 공장 때문이잖아." 그렇게 도시 사람들은 밍밍하고 흐물흐물하고 눅눅한 빵만 파는 큰 빵 공장의 빵 가게엔 가지 않고 다른 것을 먹기 시작했습니다.

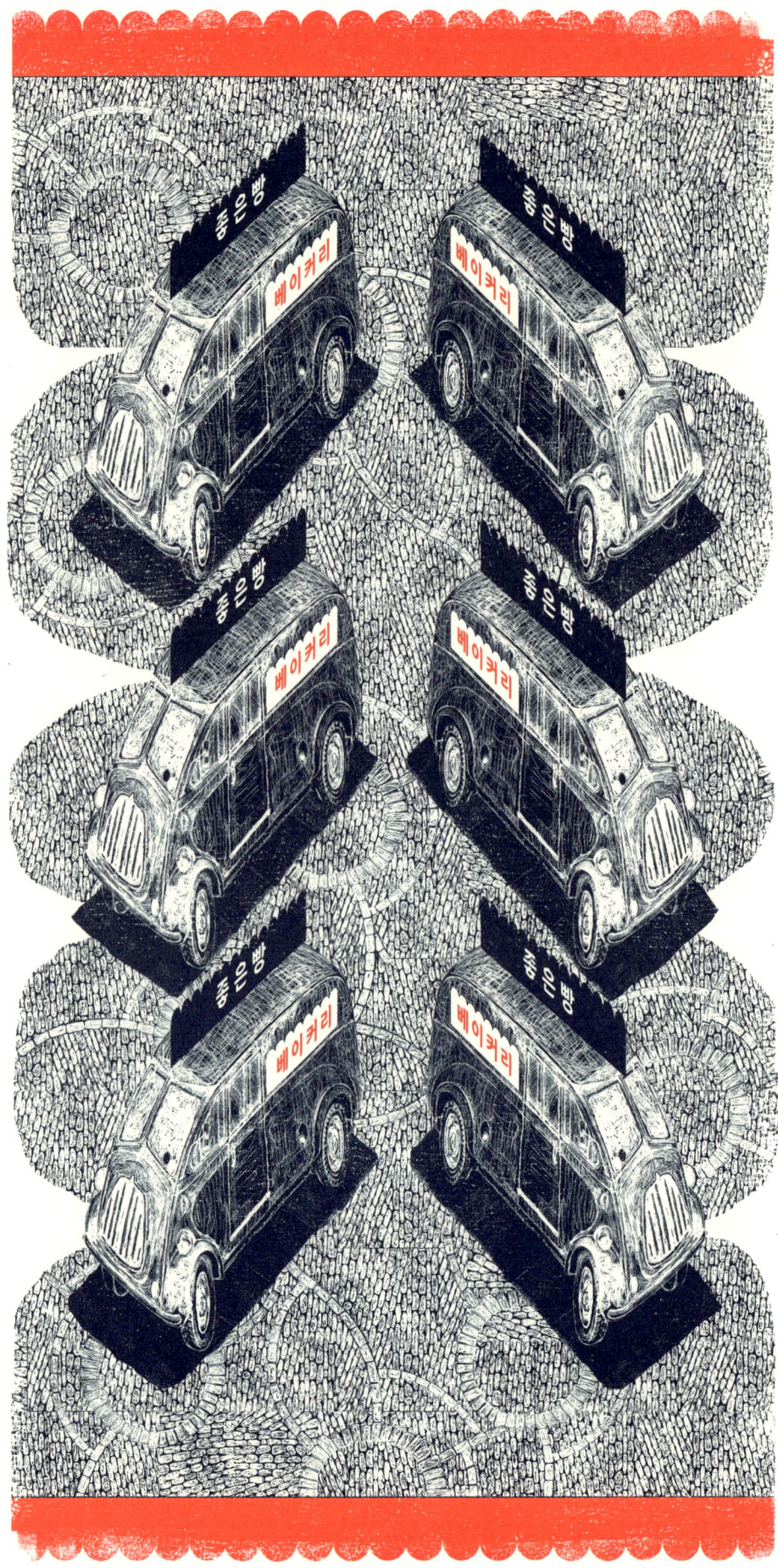

도시 사람들이 빵을 사지 않자 큰 빵 공장엔 빵이 남아돌게 되었습니다. 곧 밍밍하고 흐물흐물하고 눅눅한 빵만 파는 빵 가게 몇 군데를 닫아야 했고요. 하지만 손님은 계속 없었고, 큰 빵 공장은 결국 남은 빵 가게마저 모두 닫아야 했습니다. 큰 빵 공장은 곧 밍밍하고 흐물흐물하고 눅눅한 맛없는 빵을 만들던 큰 기계를 멈췄고, 공장에서 일하던 도시 사람들에게 일거리가 없으니 더는 나올 필요 없다고 말했습니다.

도시 사람들은 너무나 불행해졌습니다. 이제 빵도 없고, 일자리도 없고, 돈도 없었으니까요. 엄청난 실수를 저지른 것 같았습니다. 큰 빵 공장 사람 말을 들었더라면 좋았을 텐데. 밍밍하고 흐물흐물하고 눅눅한 맛없는 빵이라도 계속 사 먹었더라면 좋았을 텐데. 큰 빵 공장에서 일해 돈을 받았다면 적어도 큰 빵 공장에서 만든 밍밍하고 흐물흐물하고 눅눅한 맛없는 빵은 사 먹을 수 있었을 텐데.

사람들이 불행해하는 것을 본 노부부는 너무나 안타까웠습니다. 큰 빵 공장 빵만 팔다 이젠 문을 닫은 빵 가게에서 일했던 사람들이 딱했고, 큰 빵 공장에서 일하다 일자리를 잃은 사람들이 딱했습니다. 다시 빵을 만들지 못해 사람들을 실망시키고 만 자기들도 딱하단 생각도 들었습니다. 그렇지만 두 사람이 무얼 할 수 있었겠습니까. 이미 너무 늙고 지친 그 두 사람이 말이에요. 노부부는 심지어 큰 빵 공장 남자도 약간은 딱하다 생각했습니다.

그런데, 그런 생각을 하던 중, 좋은 생각이 떠올랐습니다. 노부부는 도시 사람들을 전부 불러 모아선 이렇게 말했습니다. "이 도시 사람들은 모두 빵 만드는 법을 잊어버린 것 같아요! 너무 오래 큰 빵 공장에 있는 큰 기계로 빵을 만들어 이제는 맛있는 빵을 만드는 법을 기억 못 하지요! 우린 이제 너무 늙어 모든 사람이 먹을 만큼 빵을 만들진 못하지만, 맛있는 빵을 만드는 법은 알아요. 우리가 여러분 모두에게 맛있는 빵을 만드는 법을 알려줄게요. 그러면 여러분 스스로 맛있는 빵을 만들 수 있을 거예요."

바삭바삭한 정통 빵 레시피

비가 만들기

밀가루 400g
20°C의 물 180ml
드라이이스트 4g

가장 먼저 '비가biga'를 만듭니다. 비가는 풍미가 좋고 소화가 잘되고 빵 껍질이 바삭바삭한 빵을 만들기 위한 밑반죽입니다.

밀가루, 물, 이스트를 섞어 손반죽합니다. 많이 치댈 필요 없이 대충 주무른 거친 반죽만으로도 충분합니다. 이렇게 만든 반죽을 반죽보다 세 배 큰 볼에 넣고 뚜껑이나 비닐로 덮은 후 실온에서 16시간 부풀어 오르게 두세요.

최종 반죽 만들기

비가 580g
밀가루 210g
24~26°C의 물 200ml
소금 10g
꿀 10g
엑스트라버진 올리브오일 10g

물을 제외한 모든 재료를 섞습니다. 200ml의 물 절반을 넣고 손반죽합니다.
물과 잘 섞였으면 나머지 물 절반을 조금씩 넣어가며 반죽합니다.
반죽이 매끈해질 때까지 계속 치댑니다.
질척거려서 반죽이 잘 안되면 밀가루를 조금 더 넣습니다.

반죽의 두 배 크기 볼에 넣고 1시간 동안 부풀어 오르게 합니다.

밀가루를 뿌린 작업대 위에 반죽을 올려놓고 적당한 크기로 잘라 원하는 모양으로 만듭니다.
모양을 잡은 반죽을 오븐 팬에 올립니다.
천과 비닐(공기와 습기가 통하지 않는 소재)로 덮고 2~3시간 부풀어 오르게 둡니다.

220~230°C로 예열한 오븐에 넣습니다. 이때 물을 담은 작은 냄비를 함께 넣어 오븐 안에 수증기가 생기게 합니다.

굽는 시간은 빵 크기에 따라 조금씩 다릅니다. 빵 한 덩어리가 500~600g이라면 약 40분간 굽습니다.

주의: 이스트는 특정 온도에서 발효가 잘되기 때문에 물의 온도(그리고 실내 온도)가 매우 중요합니다. 찬물이나 뜨거운 물은 넣지 마세요.

레시피 요약

1. 비가 만들기(16시간 발효)
2. 비가를 다른 재료들과 섞어 반죽하기
3. 1시간 동안 부풀리기
4. 빵 모양으로 만들기
5. 천과 비닐로 덮고 2~3시간 부풀리기
6. 오븐에 굽기
7. 아미앵의 성 호노라투스(제빵사의 수호자)에게 기도하기

그리하여 얼마 후, 사람들은 다시 맛있는 빵을 만들기 시작했습니다. 몇몇 사람은 빵 만드는 솜씨가 아주 좋아 빵집을 열기도 했는데요. 그 빵집들은 모두 각양각색의 맛있는 빵을 팔았습니다.

새로 생긴 빵집 모두가 노부부가 하던 작은 빵집처럼 멋지고 고풍스럽지는 않았습니다. 어떤 빵집은 무척 현대적이었고, 어떤 빵집은 보기에 좀 흉할 정도이기도 했지요. 하지만 모습이야 어떻든 상관없다는 걸 이제 도시 사람들은 알게 되었습니다. 빵집이 저마다 다르기만 하면, 저마다 맛있고 다양한 빵을 팔기만 하면 모두가 행복했으니까요.

La parabola del panificio indipendente
Written and illustrated by Neil Packer
© Camelozampa, Italy, 2024
All rights reserved

1952년 설립된 이탈리아 베네치아 소재 인쇄소
그라피케 베네치아네에서 인쇄했습니다.

혼쾌히 특제 레시피를 제공해준
마르코 서토 파티셰에게 감사의 마음을 전합니다.

이 책의 한국어판 저작권은 KCC 에이전시를 통해
Camelozampa와 독점 계약한 꽃피는책에 있습니다.
저작권법에 따라 보호받는 저작물이므로
무단 전재 및 복제를 금합니다.

닐 패커 Neil Packer는 아직 국내엔 잘 알려지지 않았지만, 유럽에선 이미 최고로 인정받는 영국의 일러스트레이터입니다. 35년 동안 출판계에서 경력을 쌓은 그는 유명 출판사인 워커북스 그룹과 폴리오 소사이어티의 전폭적인 신뢰 속에서 두 출판사와 많은 작업을 함께했습니다. 패커는 질리언 크로스가 쓰고 워커북스 그룹에서 제작한 웅장한 판형의 『오디세이아』와 『일리아드』에 선보인 고전적이면서도 현대적인 삽화 및 피터 프랭코판이 쓰고 블룸즈버리 출판사에서 펴내 현재 12개국에서 출판된 어린이용 『실크로드』에 담긴 매우 사실적이면서도 환상적인 삽화로 최고의 찬사를 받았습니다. 최근엔 블룸즈버리의 일러스트판 '해리 포터 시리즈' 중 『해리 포터와 불사조기사단』(2021) 작업을 짐 케이와 함께하기도 했습니다. 패커는 어려운 주제에 관해서도 특유의 섬세함과 전문성을 발휘해 늘 성공적 결과를 얻어냈는데, 그가 작업한 『신곡』 일러스트 한정판은 3주 만에 매진되기도 했습니다. 런던 셰익스피어 글로브에서 선보인 400주년 기념 『셰익스피어 전집』 삽화를 맡은 것도 그런 그의 탁월한 능력 덕분이었지요.

닐 패커는 워커북스 그룹에서 첫 번째 창작 프로젝트인 『ONE OF A KIND』(2020)를 출간했습니다. 평소 매료되어 있던 택소노미(분류학)를 십분 활용해 다양한 수단을 통해 사물이 속한 곳으로 여행을 떠나는 어린 소년의 이야기를 기발하게 엮어낸 작품이었는데요. 그는 이 작품으로 2021년엔 볼로냐 라가치 어워드 논픽션 부문 최우수 작품상을 받았으며, 2023년엔 프레미오 안데르센 어워드 논픽션 부문과 프레미오 레터라투라 라가치 디 센토 어워드 일러스트레이션 부문에서 역시 최우수 작품상을 받았습니다.

홍한별은 글을 읽고 쓰고 옮기며 살고 있는 작가입니다. 옮긴 책으론 『이처럼 사소한 것들』, 『클라라와 태양』, 『도시를 걷는 여자들』, 『나는 가해자의 엄마입니다』, 『우리, 이토록 작은 존재들을 위하여』, 『깨어 있는 숲속의 공주』, 『해방자 신데렐라』, 『달빛 마신 소녀』 등이 있고, 쓴 책으론 『아무튼, 사전』, 『우리는 아름답게 어긋나지』(공저), 『돌봄과 작업』(공저) 등이 있습니다. 『밀크맨』으로 제14회 유영 번역상을 받았습니다.

아주 특별한 독립 빵집 이야기

초판 1쇄 펴낸날 2024년 5월 11일
지은이 닐 패커 **옮긴이** 홍한별
펴낸이 원미연 **기획편집** 이명연 **디자인** 이수정 **제작** Grafiche Veneziane
펴낸곳 꽃피는책 **등록번호** 691-94-01371 **전화** 02-858-9917 **팩스** 0505-997-9917
E-mail blossombky@naver.com **Instagram** @ blossombook_publisher
ISBN 979-11978945-6-5 07880